B



# il Segreto dei pesci rossi

PICCOLE STORIE PER L'ANIMA

ELLEDICI

# Chi ci pensa

Due pesci rossi vivevano in un vaso di vetro. Nuotando pigramente in tondo avevano anche tempo per filosofare.
Un giorno un pesce chiese all'altro:
«Tu credi in Dio?».
«Certo!».
«E come fai a saperlo?».
«Chi credi che ci cambi l'acqua, tutti i giorni?».

*La vita scorre dentro di noi come un fiume tranquillo ed è un miracolo.*
*Ma facciamo l'abitudine anche ai miracoli.*
*Ogni giorno è un dono tutto nuovo, una pagina bianca da scrivere.*
*Dio ci cambia l'acqua tutti i giorni.*

*Dio non muore*
*il giorno in cui cessiamo di credere*
*in una divinità personale,*
*ma noi moriamo*
*il giorno in cui la nostra vita*
*cessa di essere illuminata*
*dalla radiosità costante,*
*e rinnovata giorno per giorno,*
*di un miracolo,*
*la cui origine è al di là di ogni ragione.*

# La scelta

Un uomo si sentiva perennemente oppresso dalle difficoltà della vita e se ne lamentò con un famoso maestro di spirito.
«Non ce la faccio più! Questa vita mi è insopportabile».
Il maestro prese una manciata di cenere e la lasciò cadere in un bicchiere pieno di limpida acqua da bere che aveva sul tavolo, dicendo:
«Queste sono le tue sofferenze».
Tutta l'acqua del bicchiere s'intorbidì e s'insudiciò.
Il maestro la buttò via.
Il maestro prese un'altra manciata di cenere, identica alla precedente, la fece vedere all'uomo, poi si affacciò alla finestra e la buttò nel mare.
La cenere si disperse in un attimo e il mare rimase esattamente com'era prima.
«Vedi?» spiegò il maestro. «Ogni giorno devi decidere se essere un bicchiere d'acqua o il mare».

*Troppi cuori piccoli, troppi animi esitanti, troppe menti ristrette e braccia rattrappite. Una delle mancanze più serie del nostro tempo è il coraggio. Non la stupida spavalderia, la temerarietà incosciente, ma il vero coraggio che di fronte ad ogni problema fa dire tranquillamente: «Da qualche parte certamente c'è una soluzione ed io la troverò».*

# La tentazione

In una giornata estiva molto calda, un bracciante agricolo ricevette l'ordine di vangare il giardino del suo padrone. Si mise al lavoro di malavoglia, e cominciò ad inveire contro Adamo che, a suo parere, era l'unico responsabile di ogni sfruttamento.
Le sue bestemmie e imprecazioni giunsero all'orecchio del padrone. Il quale gli si avvicinò e gli disse: «Ma perché inveisci contro Adamo? Scommetto che al suo posto avresti fatto la stessa cosa».
«No di certo», rispose il bracciante, «io avrei resistito alla tentazione!».
«Vedremo!» disse il padrone e lo invitò a pranzo.
All'ora stabilita, il badilante si presentò in casa del padrone e questi lo introdusse in una saletta dove c'era una tavola imbandita con ogni ben di Dio.
«Puoi mangiare tutto quanto vuoi» disse l'uomo al suo dipendente. «Soltanto la zuppiera coperta al centro della tavola non la devi toccare finché non torno».
Il badilante non aspettò neppure un minuto: si sedette al tavolo e con il suo formidabile appetito cominciò ad assaggiare una dopo l'altra le leccornie che gli venivano servite. Alla fine il suo sguardo fu magnetizzato dalla zuppiera.
La curiosità lo fece quasi ammattire, tanto che alla fine non resistette più e, con la massima cir-

cospezione, sollevò appena appena il coperchio che copriva la zuppiera. Saltò fuori un sorcio. Il badilante fece l'atto di acciuffarlo, ma il topo gli sgusciò di mano. Iniziò la caccia, mentre il giovane rovesciava tavoli e sedie. Il gran baccano richiamò il padrone.
«Hai visto?» chiese, e ridendo lo minacciò: «Al tuo posto, in futuro, non imprecherei più a voce alta contro Adamo e il suo errore!».

*«Ma io no! Io sono diverso! Io non mi sarei certamente comportato così!».*
*«Quanto sei stato stupido! Dovevi fare così e così...».*
*Quanti modi per puntare il dito contro gli altri. Ma chi punta il dito contro un altro ne punta tre contro se stesso.*
*Un discepolo parlava con disprezzo dell'avidità e della violenza della gente «fuori nel mondo». Il maestro disse: «Mi ricordi quel lupo che stava attraversando una fase di bontà. Quando vide un gatto che dava la caccia a un topo, si girò verso un lupo suo compagno e disse indignato: "Non sarebbe ora che qualcuno facesse qualcosa per fermare questi teppisti?"».*

# Al tramonto

Tanto tempo fa, un missionario attraversava le Montagne Rocciose con un giovane indiano che gli faceva da guida.
Tutte le sere, ad un preciso momento del tramonto, il giovane indiano si appartava, si voltava verso il sole e cominciava a muovere ritmicamente i piedi e a cantare sottovoce una canzone dolcissima, soffusa di nostalgia.
Quel giovane che danzava e cantava rivolto al sole morente era uno spettacolo che riempiva di ammirata curiosità il missionario.
Così, un giorno, chiese alla sua guida: «Qual è il significato di quella strana cerimonia che fai tutte le sere?».
«Oh, è una cosa semplice» rispose il giovane. «Io e mia moglie abbiamo composto insieme questa canzone. Quando siamo separati, ciascuno di noi, dovunque si trovi, si volta verso il sole un attimo prima che tramonti, e comincia a danzare e cantare. Così, ogni sera, anche se siamo lontani, cantiamo e balliamo insieme».

*Quando il sole tramonta, tu con chi balli?*

*Una mistica del IX secolo ha lasciato questa preghiera:*

*«Mio Signore!*
*Brillano le stelle,*
*si chiudono gli occhi degli amanti.*
*Ogni amante*
*è sola col suo amato,*
*e io sono sola*
*qui con te!».*

# Il dettaglio

Un parroco preparava con cura meticolosa le manifestazioni esterne della sua parrocchia. Soprattutto la solenne processione del Corpus Domini. Voleva che la festa fosse un vero avvenimento per il paese. Tre mesi prima della data, radunava un apposito comitato e organizzava i gruppi di lavoro. Il giorno della festa tutto il paese era mobilitato.
Alle dieci e trenta in punto, la processione cominciò a snodarsi.
I chierichetti con i candelabri, i paggetti nei costumi colorati, le bambine con il vestito bianco che spargevano petali di rosa, i giovanotti della società sportiva con le tute gialle e blu, gli uomini e le donne delle confraternite con i labari colorati e i nastri azzurri, gialli, rossi, poi l'Azione Cattolica, i ragazzi dell'Oratorio, la gente, la teoria dei chierichetti e la banda musicale del paese.
Una processione magnifica!
Quando la banda intonò il pezzo più solenne, dal portale della chiesa uscì lentamente il baldacchino di broccato dorato con i pennacchi rossi e bianchi, sorretto da quattro baldi giovani.
Sotto il baldacchino, incedeva il parroco, rivestito del piviale più prezioso, che reggeva il pesante ostensorio d'oro tempestato di pietre preziose.

Improvvisamente il viceparroco, che accompagnava i chierichetti, si avvicinò allarmato al parroco e gli sussurrò: «Prevosto, nell'ostensorio non c'è l'ostia!».
Il parroco ribatté seccato: «Non vedi a quante cose devo pensare? Non posso occuparmi anche dei dettagli!».

*Gesù solo un dettaglio? Per tanti, troppi, è così.*

*Un giorno Gesù Bambino apparve a Santa Teresa d'Avila. Ma la Santa non esitò un attimo ad abbandonarlo non appena suonò la campana del convento che chiamava alla preghiera. Quando, nel noviziato, raccontarono a Santa Bernadette questo edificante esempio di obbedienza e le chiesero che cosa ne pensasse, l'umile veggente di Lourdes rispose che non avrebbe agito nello stesso modo.*
*Sorpresa e un po' d'indignazione tra le compagne. Ma la giovane aggiunse: «Oh, certo, sarei partita anch'io. Ma avrei portato con me il Bambino Gesù. Dopotutto non doveva pesare molto».*

# Gli auguri

Il piccolo Carlo era un bambino timido e tranquillo. Un giorno arrivò a casa e disse a sua madre che avrebbe voluto preparare una cartolina di San Valentino per tutti i suoi compagni di classe.
La madre istintivamente esclamò: «Ma no! Non è il caso!».
Ogni giorno osservava i bambini quando tornavano a casa a piedi da scuola. Il suo Carlo arrancava sempre per ultimo. Gli altri ridevano e formavano un'allegra e rumorosa combriccola. Ma Carlo non faceva mai parte del gruppo. La madre decise di aiutare il figlio e acquistò cartoncini e pennarelli. Per tre settimane, sera dopo sera, Carlo illustrò meticolosamente trentacinque cartoline di San Valentino.
Giunse il giorno di San Valentino e Carlo era fuori di sé per l'emozione. Le accatastò con cura, le mise nello zainetto e corse fuori. La madre decise di cucinargli il suo dolce preferito e farglielo trovare con una tazza di cioccolata calda per quando sarebbe tornato a casa da scuola. Sapeva che sarebbe rimasto deluso e forse in questo modo gli avrebbe alleviato il dolore. Avrebbe dato una cartolina a tutti, ma lui non ne avrebbe ricevuta nemmeno una.

Quel pomeriggio preparò la torta e la cioccolata. Quando udì il solito vociare dei bambini, guardò fuori della finestra. Stavano arrivando, ridendo e chiacchierando come al solito. E come sempre l'ultimo era Carlo. Da solo.
Entrò in casa quasi di corsa e buttò lo zainetto su una sedia. Non aveva niente in mano e la madre si aspettava che scoppiasse in lacrime. «La mamma ti ha preparato la torta e la cioccolata», disse, con un nodo in gola.
Ma lui quasi non sentì le sue parole. Passò oltre, il volto acceso, dicendo forte: «Neanche uno. Neanche uno!».
La madre lo guardò incerta.
E il bambino aggiunse: «Non ne ho dimenticato neanche uno, neanche uno».

*«Questa è la volontà del Padre che mi ha mandato: che io non perda nessuno di quelli che mi ha dato» (Giovanni 6,39).*
*Neanche uno.*

# L'imitazione

In un centro di raccolta per barboni, un alcolizzato di nome Giovanni, considerato un ubriacone irrecuperabile, fu colpito dalla generosità dei volontari del centro e cambiò completamente. Divenne la persona più servizievole che i collaboratori e i frequentatori del centro avessero mai conosciuto. Giorno e notte, Giovanni si dava da fare, instancabile. Nessun lavoro era troppo umile per lui. Sia che si trattasse di ripulire una stanza in cui qualche alcolizzato si era sentito male, o di strofinare i gabinetti insudiciati, Giovanni faceva quanto gli veniva chiesto col sorriso sulle labbra e con apparente gratitudine, perché aveva la possibilità di essere d'aiuto. Si poteva contare su di lui quando c'era da dare da mangiare a uomini sfiniti dalla debolezza, o quando bisognava spogliare e mettere a letto persone incapaci di farcela da sole.
Una sera, il cappellano del centro parlava alla solita folla seduta in silenzio nella sala e sottolineava la necessità di chiedere a Dio di cambiare. Improvvisamente un uomo si alzò, percorse il corridoio fino all'altare, si buttò in ginocchio e cominciò a gridare: «Oh Dio! Fammi diventare come Giovanni! Fammi diventare come Giovanni! Fammi diventare come Giovanni!».

Il cappellano si chinò verso di lui e gli disse: «Figliolo, credo che sarebbe meglio chiedere: "Fammi diventare come Gesù!"».
L'uomo guardò il cappellano con aria interrogativa e gli chiese: «Perché, Gesù è come Giovanni?».

*Se qualcuno ti chiede: «Com'è un cristiano?».*
*«Guardami» è l'unica risposta accettabile.*

# La virgola

C'era una volta una virgola seccata dalla poca considerazione in cui tutti la tenevano. Perfino i bambini delle elementari si facevano beffe di lei.
Che cos'è una virgola, dopo tutto? Nei giornali nessuno la usa più. La buttano, a casaccio.
Un giorno la virgola si ribellò.
Il Presidente scrisse un breve appunto dopo il lungo colloquio con il Presidente avversario: «Pace, impossibile lanciare i missili» e lo passò frettolosamente al Generale.
In quel momento la piccola, trascurata virgola mise in atto il suo piano e si spostò. Si spostò solo di una parola, appena un saltino.
Quello che lesse il Generale fu: «Pace impossibile, lanciare i missili».
E scoppiò la Guerra Mondiale.

*In una foresta del Colorado i turisti ammirano i resti di un albero colossale. Aveva più di cinquecento anni. Quando Cristoforo Colombo era sbarcato sul continente americano era già una tenera pianticella. Aveva sopportato bufere e terremoti, era sopravvissuto a migliaia di fulmini e slavine di neve. Ci volevano venti uomini per circondare il suo tronco a braccia aperte.*

*Un giorno, un insetto quasi invisibile depose un po' di uova microscopiche in un angolino della sua corteccia. Ne nacquero minuscole larve da niente, dal robusto appetito. In pochi mesi, il gigante della foresta, che aveva vinto secoli e tempeste, fu distrutto.*
*Fai attenzione alle piccole cose. Sono il seme di quelle grandi.*

# Giovani

Un giovane che partecipava ad una corsa nel deserto, si perse e, nell'immensità abbacinante delle dune e delle rocce, non riuscì più a ritrovare l'orientamento. Non si perse d'animo e si incamminò coraggiosamente.
Dopo qualche ora di vagabondaggio incerto, il sole e l'arsura cominciarono a martellarlo senza pietà. Le forze lo abbandonarono.
Il giovane smarrì la baldanza e si accasciò dietro una roccia, proprio dove si incrociavano tre o quattro piste che, apparentemente, si perdevano nel nulla.
«Acqua!» si mise a biascicare fievolmente il giovane.
Passò un medico, famoso per le sue ricerche, lo squadrò ben bene e poi sentenziò: «Giovanotto, ricordati che il tuo organismo ha bisogno di almeno due litri d'acqua al giorno. Quello ti serve! Non quelle porcherie che bevete voi!».
Passò uno scienziato e ben volentieri gli spiegò le virtù dell'$H_2O$ e il miracolo di quelle molecole che si univano a formare un elemento così utile.
Sull'altra pista, arrivò un bravo prete e tenne al giovane una predica sul fatto che il suo desiderio era legittimo e che l'acqua che così ardentemente

desiderava doveva fargli pensare a qualcosa di più elevato.
Passò anche un ubriacone che mostrò al giovane una bottiglia di liquore, garantendogli beffardamente che era molto meglio dell'acqua.
Tutti passarono e si allontanarono sulle loro Land Rover, alzando nuvole di polvere.
Il giovane rimase là, al crocevia, steso sulla sabbia infuocata, a gridare, con voce sempre più debole: «Acqua!».

*La desolante monotonia delle interminabili e solitarie strade del Sud America sono interrotte da cumuli di pietre chiamate «ceferinos». Su ognuno di questi mucchi di pietre c'è una bottiglia d'acqua.*
*Le bottiglie d'acqua sono lasciate dai camionisti che vogliono ricordare una storia.*
*Una madre si era smarrita con il suo bambino in una di quelle lande deserte. Il bambino stava morendo di sete e la madre lo dissetò con il suo sangue.*
*Un camionista li trovò e salvò il piccolo, ma la madre era morta.*
*Sulle strade dei giovani del nostro tempo chi costruisce ancora «ceferinos»?*

# Il latte di Dio

Quando errava nel deserto, un giorno, Mosè incontrò un pastore. Passò tutta la giornata con lui e l'aiutò a mungere le pecore.

All'imbrunire, Mosè vide il pastore che versava un po' del latte migliore in una scodella che poi depose su una pietra poco distante dalla capanna dove si trovavano.

Mosè domandò a che cosa servisse quel latte e il pastore rispose: «È il latte di Dio».

Incuriosito, Mosè gli chiese di spiegarsi. Il pastore gli disse: «Metto sempre da parte il latte migliore e lo offro a Dio».

Mosè sentì il bisogno di correggere la fede ingenua del pastore, e insistette: «E Dio lo beve?».

«Certo!» rispose il pastore.

Mosè cominciò a spiegare che Dio è puro spirito e quindi non può bere latte. Il pastore non gli credeva e Mosè gli suggerì di nascondersi dietro un cespuglio per vedere se Dio sarebbe veramente venuto a bere il suo latte.

Il pastore si nascose appena scese la notte.

Al chiarore della luna, vide un volpacchiotto arrivare dal deserto trotterellando. Dopo aver guardato a destra e a sinistra, l'animale si buttò sul latte che lappò golosamente. Poi sparì di nuovo nel deserto.

Il giorno dopo, Mosè vide il pastore triste.
«Qualcosa non va?» gli chiese.
«Avevi ragione tu» gemette. «Dio è un puro spirito e non vuole il mio latte!».
Sbalordito, Mosè esclamò: «Dovresti essere contento. Adesso sai qualcosa di più su Dio rispetto a qualche giorno fa».
«Sì» ammise il pastore. «Ma la sola cosa che avevo per mostrargli il mio amore mi è stata tolta».
Mosè comprese. Si ritirò in solitudine e cominciò a pregare con tutte le sue forze. Nel corso della notte, Dio gli apparve e gli disse:
«Mosè, hai sbagliato. È vero che sono puro spirito, ma accettavo con piacere il latte offerto dal pastore, in segno del suo amore; però, dal momento che non avevo bisogno del suo latte, lo dividevo con quel volpacchiotto che ne è goloso».

*Ci sono uomini che si credono molto sapienti e deridono la fede dei semplici e delle «vecchiette». Dobbiamo ricordare sempre la gioiosa preghiera di Gesù:*
*«Ti ringrazio, Padre,*
*Signore del Cielo e della terra.*
*Ti ringrazio*
*perché hai nascosto queste cose*
*ai grandi e ai sapienti*
*e le hai fatte conoscere ai piccoli.*
*Sì, Padre, così tu hai voluto».*

# Il segnale

Un povero naufrago arrivò sulla spiaggia di un'isoletta deserta aggrappato ad un piccolo relitto della barca su cui stava viaggiando, dopo una terribile tempesta. L'isola era poco più di uno scoglio, aspra e inospitale.
Il pover'uomo cominciò a pregare. Chiese a Dio, con tutte le sue forze, di salvarlo e ogni giorno scrutava l'orizzonte in attesa di veder sopraggiungere un aiuto, ma non arrivava nessuno.
Dopo qualche giorno si organizzò. Sgobbando e tribolando fabbricò qualche strumento per cacciare e coltivare, sudando sangue riuscì ad accendere il fuoco, si costruì una capanna e un riparo contro le violente bufere.
Passò qualche mese. Il pover'uomo continuava la sua preghiera, ma nessuna nave appariva all'orizzonte.
Un giorno, un colpo di brezza sul fuoco spinse le fiamme a lambire la stuoia del naufrago. In un attimo tutto s'incendiò. Dense volute di fumo si alzarono verso il cielo. Gli sforzi di mesi, in pochi istanti, si ridussero a un mucchietto di cenere.
Il naufrago, che invano aveva tentato di salvare qualcosa, si buttò piangendo nella sabbia.
«Perché, Signore? Perché anche questo?».

Qualche ora dopo, un grossa nave attraccò vicino all'isola. Vennero a prenderlo con una scialuppa. «Ma come avete fatto a sapere che ero qui?» chiese il naufrago, quasi incredulo.
«Abbiamo visto i segnali di fumo» gli risposero.

*Le tue difficoltà di oggi sono segnali di fumo per la grazia futura. Dio verrà a salvarti.*

*«Qual è la via più breve per incontrare Dio?».*
*«Vivere su una sedia a rotelle» rispose un uomo senza gambe.*

# La matassa di lana

Si fece una gran festa alla corte del re, per celebrare il suo ingresso nella città capitale. Il re riceveva nel salone delle feste i doni e gli omaggi. Erano tutti doni preziosi: armi cesellate, coppe d'argento, tessuti di broccato ricamato d'oro.
Il corteo dei donatori stava esaurendosi, quando apparve, zoppicando e appoggiandosi pesantemente ad un bastone, una vecchia contadina con i pesanti zoccoli di legno. In silenzio trasse dalla gerla un pacchetto accuratamente avvolto in un telo.
Uno scoppio di risate accompagnò il movimento della donna che depose ai piedi del trono una matassa di lana bianca, ricavata dalle due pecore che erano tutta la sua fortuna e filata nelle lunghe sere d'inverno.
Senza una parola, il re si inchinò dignitosamente poi diede il segnale di incominciare la festa mentre l'anziana contadina attraversava lentamente la sala, scorticata dalle occhiate beffarde dei cortigiani.
Riprese penosamente il suo lungo cammino, di notte, per tornare alla sua baita costruita nella foresta reale dove fino a quel momento la sua presenza era stata tollerata.

Ma quando arrivò in vista della sua casa si fermò invasa dal panico.
La baita era circondata dai soldati del re. Stavano piantando dei picchetti tutt'intorno alla povera abitazione, e sui paletti stendevano il filo di lana bianca.
«Mio Dio», pensò la povera donna, con il cuore piccolo piccolo, «il re si è offeso per il mio dono... Le guardie mi arresteranno e mi porteranno in prigione...».
Quando la vide, il comandante delle guardie si inchinò cortesemente e disse: «Signora, per ordine del nostro buon re, tutta la terra che può essere circondata dal vostro filo di lana d'ora in poi vi appartiene».
Il perimetro della sua nuova proprietà corrispondeva esattamente alla lunghezza della sua matassa di lana. Aveva ricevuto con la stessa misura con cui aveva donato.

*Pretendiamo molto e abbiamo paura a donare.*

*Due monaci coltivavano rose. Il primo si perdeva nella contemplazione della bellezza e del profumo delle sue rose.*
*Il secondo tagliava le rose più belle e le donava ai passanti.*
*«Ma che fai?» lo rimproverava il primo. «Come puoi privarti così della gioia e del profumo delle tue rose?».*
*«Le rose lasciano molto profumo sulle mani di chi le regala» rispose pacatamente il secondo.*

# Due teste

Sulle sponde d'un lago nell'India del Nord, c'era una volta uno strano uccello che aveva due teste, una a destra e una a sinistra. Due teste ma un corpo solo.
Un giorno, mentre gironzolava in cerca di cibo, con gli occhi della testa di destra vide un favo di miele selvatico, e subito vi si buttò sopra.
La testa di sinistra disse:
«Dammene anche a me».
Ma la testa di destra non diede ascolto, e se lo beccò tutto in pochi istanti. Allora la testa di sinistra giurò vendetta; e mentre l'uccello vagava per un bosco, ecco a sinistra certe bacche amarissime. La testa di sinistra le scorse per prima e, pur sapendo che non erano buone e avrebbero fatto male allo stomaco, ne beccò quante poté.
E nel frattempo pensava:
«Poi avremo mal di pancia; ma gli sta bene, a quell'egoista dell'altra parte; così impara la solidarietà».
Poco dopo, l'uccello si sentì colto da atroci dolori: le bacche erano velenose, e in breve tempo gli causarono la morte.
Morirono ugualmente le due teste, quella di destra e quella di sinistra, perché nessuna delle due aveva avuto cervello.

*Così muoiono tante famiglie. Per paura di amare. «I legami profondi mi hanno sempre spaventato» ammette uno studente, «perché hanno tutta l'aria di imporre delle grosse responsabilità. Ho sempre temuto di non poter adempire alle molte esigenze e richieste che un impegno del genere trascina con sé. Per questo mi sono sorpreso a constatare, quando alla fine ho trovato il coraggio di avviare un rapporto affettivo approfondito e stabile, che mi sentivo più forte di prima. Da quel momento ho avuto l'impressione di disporre di due cervelli, e non di uno; e così pure di quattro mani, di quattro braccia, di quattro gambe e di un altro mondo. La mia capacità di realizzarmi e di evolvermi è parsa raddoppiare, come si sono raddoppiate le alternative a mia disposizione. Adesso amare gli altri mi riesce assai più facile. Mi sento molto più forte, non ho più paura».*

# Un ladro in Paradiso

Un ladro arrivò alla porta del Cielo e cominciò a bussare: «Aprite!».
L'apostolo Pietro, che custodisce le chiavi del Paradiso, udì il fracasso e si affacciò alla porta.
«Chi è là?».
«Io».
«E chi sei tu?».
«Un ladro. Fammi entrare in Cielo».
«Neanche per sogno. Qui non c'è posto per un ladro».
«E chi sei tu per impedirmi di entrare?».
«Sono l'apostolo Pietro!».
«Ti conosco! Tu sei quello che per paura ha rinnegato Gesù prima che il gallo cantasse tre volte. Io so tutto, amico!».
Rosso di vergogna, San Pietro si ritirò e corse a cercare San Paolo: «Paolo, va' tu a parlare con quel tale alla porta».
San Paolo mise la testa fuori della porta: «Chi è là?».
«Sono io, il ladro. Fammi entrare in Paradiso».
«Qui non c'è posto per i ladri!».
«E chi sei tu che non vuoi farmi entrare?».
«Io sono l'apostolo Paolo!».
«Ah, Paolo! Tu sei quello che andava da Gerusa-

lemme a Damasco per ammazzare i cristiani. E adesso sei in Paradiso!».
San Paolo arrossì, si ritirò confuso e raccontò tutto a San Pietro.
«Dobbiamo mandare alla porta l'Evangelista Giovanni» disse Pietro. «Lui non ha mai rinnegato Gesù. Può parlare con il ladro».
Giovanni si affacciò alla porta. «Chi è là?».
«Sono io, il ladro. Lasciami entrare in Cielo».
«Puoi bussare fin che vuoi, ladro. Per i peccatori come te qui non c'è posto!».
«E chi sei tu, che non mi lasci entrare?».
«Io sono l'Evangelista Giovanni».
«Ah, tu sei un Evangelista. Perché mai ingannate gli uomini? Voi avete scritto nel Vangelo: "Bussate e vi sarà aperto. Chiedete ed otterrete". Sono due ore che busso e chiedo, ma nessuno mi fa entrare. Se tu non mi trovi subito un posto in Paradiso, torno immediatamente sulla Terra e racconto a tutti che hai scritto bugie nel Vangelo!».
Giovanni si spaventò e fece entrare il ladro in Paradiso.

*Quando il predicatore tornò sul tema della buona novella, un uomo lo interruppe: «Che razza di buona novella è», domandò, «se è così facile andare all'inferno e tanto difficile entrare in paradiso?».*
*Il Paradiso è solo questione di misericordia.*

# Gli altri

Padre e figlio erano seduti accanto in chiesa. Ad un tratto, il bambino toccò il padre e ridacchiò: «Papà, guarda quell'uomo! Sta dormendo!».
Il padre guardò il figlio con molta serietà e rispose: «Sarebbe meglio se dormissi anche tu. Piuttosto che sparlare degli altri».

Alcuni anziani si recarono in visita da Abba Poemen e chiesero: «Secondo te, quando in chiesa sorprendiamo i nostri fratelli a sonnecchiare, è opportuno pizzicarli per farli svegliare?».
L'anziano rispose: «Se vedessi un fratello sonnecchiare, gli appoggerei la testa sulle mie ginocchia e lo lascerei riposare».

*Dobbiamo tutti riscoprire che cosa significa «indulgenza».*

# Il lupo di Betlemme

C'era una volta un lupo che viveva nei dintorni di Betlemme. I pastori lo temevano tantissimo e vegliavano l'intera notte per salvare le loro greggi. C'era sempre qualcuno di sentinella, così il lupo era ogni volta più affamato, scaltro e arrabbiato.
Una strana notte, piena di suoni e luci, mise in subbuglio i campi dei pastori. L'eco di un meraviglioso canto di angeli era appena svanita nell'aria. Era nato un bambino, un piccino, un batuffolo rosa, roba da niente.
Il lupo si meravigliò che quei rozzi pastori fossero corsi tutti a vedere un bambino.
«Quante smancerie per un cucciolo d'uomo» pensò il lupo. Ma incuriosito e soprattutto affamato com'era, li seguì nell'ombra a passi felpati. Quando li vide entrare in una stalla si fermò nell'ombra e attese.
I pastori portarono dei doni, salutarono l'uomo e la donna, si inchinarono deferenti verso il bambino e poi se ne andarono. L'uomo e la donna stanchi per le fatiche e le incredibili sorprese della giornata si addormentarono.
Furtivo come sempre, il lupo scivolò nella stalla. Nessuno avvertì la sua presenza. Solo il bambino. Spalancò gli occhioni e guardò l'affilato muso

che, passo dopo passo, guardingo ma inesorabile si avvicinava sempre più. Il lupo aveva le fauci socchiuse e la lingua fiammeggiante. Gli occhi erano due fessure crudeli. Il bambino però non sembrava spaventato.
«Un vero bocconcino» pensò il lupo. Il suo fiato caldo sfiorò il bambino. Contrasse i muscoli e si preparò ad azzannare la tenera preda.
In quel momento una mano del bambino, come un piccolo fiore delicato, sfiorò il suo muso in una affettuosa carezza. Per la prima volta nella vita qualcuno accarezzò il suo ispido e arruffato pelo, e con una voce, che il lupo non aveva mai udito, il bambino disse: «Ti voglio bene, lupo».
Allora accadde qualcosa di incredibile, nella buia stalla di Betlemme. La pelle del lupo si lacerò e cadde a terra come un vestito vecchio. Sotto, apparve un uomo. Un uomo vero, in carne ed ossa. L'uomo cadde in ginocchio e baciò le mani del bambino e silenziosamente lo pregò.
Poi l'uomo che era stato un lupo uscì dalla stalla a testa alta, e andò per il mondo ad annunciare a tutti: «È nato il bambino divino che può donarvi la vera libertà! Il Messia è arrivato! Egli vi cambierà!».

*Cambiare le creature semplicemente amandole. Questo era il piano di Dio. Forse funziona con le belve...*

# L'assedio

Si racconta che a Los Angeles, nell'ambiente del cinema, gli invidiati uomini di cinema che fingono continuamente di «lavorare ad un grosso progetto», descrivono così una giornata normale:
«Vi alzate alle otto. Prendete un succo d'arance e le vostre vitamine. Una passeggiata di mezz'ora, con il vostro cane, vi prepara al break-fast. Dopo leggete i giornali e la posta. Verso le dieci e mezza, una prima nuotata tonificante in piscina, poi ginnastica defatigante, bagno, sole e toeletta completa. Segue il lunch, che potete condividere con gli amici.
Dopo il lunch e il caffè, di solito si vede un film in una proiezione privata, oppure shopping e telefonate. Verso le sedici, tennis o equitazione o golf.
Al ritorno, una seconda nuotata in piscina, stretching e fitness del pomeriggio. Dopo questi esercizi, doccia, massaggio e, assolutamente raccomandata, una piccola siesta.
Quando vi svegliate dalla siesta, avete ottant'anni».

*Un uomo d'affari, stressato e logorato dai troppi impegni, si presentò ad un maestro di vita spirituale a chiedere un consiglio. Gli disse il maestro: «Quando un pesce finisce al secco comincia a morire. Anche tu cominci a morire quando ti lasci prendere dalle cose del mondo. Il pesce può salvarsi se torna subito nell'acqua. Tu devi tornare subito nella solitudine».*

*L'uomo d'affari si spaventò.*

*«Devo lasciare tutti i miei affari e rifugiarmi in un convento?».*

*«No, no. Conserva i tuoi affari e rifugiati nel tuo cuore».*

*Nel vocabolario della spiritualità c'è una bellissima parola: «raccoglimento». Esprime il momento in cui ci si ferma per «raccogliere» i pezzi di noi che la giornata ha disperso.*

# Il vino migliore

Un uomo e una donna si sposarono in tarda età e con grande loro gioia e sorpresa ebbero un figlio. Lo allevarono con tutto l'amore e la cura possibili e, pur essendo molto poveri, lo mandarono alla scuola di un saggio perché crescesse anche nello spirito.
Tornato a casa, il ragazzo aveva un unico desiderio: sdebitarsi in qualche modo con i suoi genitori. «Che potrei mai fare» chiese loro «di realmente gradito per voi?».
«La cosa più cara che abbiamo sei tu, figliolo» risposero i due anziani. «Se però vuoi proprio farci un regalo, procuraci un po' di vino. Ne siamo golosi, e sono tanti anni che non ne beviamo un goccio…».
Il ragazzo non aveva un soldo. Un giorno, mentre andava nel bosco a far legna, attinse con le mani l'acqua che precipitava da un'enorme cascata e ne bevve: gli parve avesse il sapore del vino più dolce e schietto. Ne riempì un orcio che aveva con sé e tornò in fretta a casa.
«Ecco il mio regalo» disse ai genitori. «Un orcio di vino per voi».
I genitori assaggiarono l'acqua e, pur non sentendo altro gusto che quello dell'acqua, gli sorrisero e lo ringraziarono molto.

«La prossima settimana ve ne porterò un altro orcio» disse il figlio. E così fece per molte settimane di seguito. I due anziani stettero al gioco: bevevano l'acqua con grande entusiasmo ed erano felici di vedere la gioia fiorire sul volto del figlio.
Avvenne così un fatto meraviglioso: i loro acciacchi scomparvero e le loro rughe si appianarono. Come se quell'acqua avesse qualcosa di miracoloso.

*È il miracolo del «grazie». Esistono persone che lavano, stirano, cucinano per altre persone per dieci, venti, trent'anni. Fanno loro compagnia, le curano, le amano giorno e notte. Eppure non si sono mai sentite dire «grazie».*
*Dire «grazie» non è una questione di galateo. Significa dire ad una persona: «Toh, mi sono accorto che tu esisti».*
*Per questo il mondo è pieno di persone invisibili.*

# La pozzanghera

C'era una volta una piccola pozzanghera. Era felice di esistere e si divertiva maliziosamente quando schizzava qualcuno con l'aiuto di un'automobile. Aveva paura solo di una cosa: del sole.
«È la morte delle pozzanghere» pensava rabbrividendo.
Un poeta che camminava con la testa sognante finì dentro alla pozzanghera con tutti e due i piedi, ma invece di arrabbiarsi fece amicizia con lei.
«Buongiorno» disse, e la pozzanghera rispose: «Buongiorno!».
«Come sei arrivata quaggiù?» chiese il poeta.
Invece di rispondere la pozzanghera raccolse tutte le sue forze e rispecchiò la volta celeste.
Parlarono a lungo del Grande Padre, la pioggia, e del fatto che la pozzanghera aveva tanta paura del sole.
Il buon poeta volle farle passare quella paura. Le parlò dell'incredibile vastità del mare, del guizzare dei pesci e della gioia delle onde. Le raccontò anche che il mare era la patria e la madre di tutte le pozzanghere del mondo e che la vita della terra e del mare era dovuta al sole. Anche la vita delle pozzanghere.
La sera abbracciò il poeta e la pozzanghera ancora assorti nel loro muto dialogo.

Alcuni giorni dopo, il poeta tornò dalla sua umida amica.
La trovò che danzava nell'aria alla calda luce del sole.
La pozzanghera spiegò: «Grazie a te ho capito. Quando il sole mi ha avvolto con la sua tenerezza, non ho più avuto paura. Mi sono lasciata prendere e ora parto sulle rotte delle oche selvatiche che mi indicano la via verso il mare. Arrivederci e non mi dimenticare».

*Un pezzo di carbone si sentiva sporco, brutto e inutile. Decise di diventare bianco e levigato. Provò diversi prodotti chimici e varie operazioni chirurgiche. Niente da fare.*
*«C'è soltanto il fuoco» gli dissero.*
*Il pezzo di carbone si buttò nel fuoco. Divenne una creatura luminosa, splendente, calda, irradiante, magnifica.*
*«Ti stai consumando» gli dissero.*
*«Ma dono luce e calore» rispose il pezzo di carbone, finalmente felice.*

*Lasciati prendere dal sole e dal fuoco dello Spirito. Splenderai come un astro del cielo sulle rotte dell'Infinito.*

# Il capitale

Un papà aveva passato la cera sulla carrozzeria dell'auto e ora la strofinava accuratamente per renderla splendente.
Il figlio undicenne lo aiutava, passando lo straccio sui paraurti.
«Vedi, ragazzo mio», diceva il padre, «l'auto è un capitale della famiglia: dobbiamo dedicargli cure, attenzioni e tempo».
«Certo, papà».
«Ecco, bravo!».
Un momento di silenzio.
«Allora, io non sono un capitale della famiglia» mormorò piano il figlio.
«Perché?».
«Tu non hai mai tempo per me».

*Qual è il tuo capitale familiare?*

*Un mio amico ha un figlio fanatico della pallacanestro. Al mio amico la pallacanestro non è mai interessata. Ma un'estate egli sacrificò le ferie per portare il figlio a vedere tutti gli incontri delle nazionali ai campionati europei di pallacanestro. Il viaggio richiese oltre tre settimane e costò una bella cifra.*

*Al mio amico fu chiesto al suo ritorno: «Ma davvero ti piace così tanto la pallacanestro?». «Per niente» rispose. «Ma mi piace tanto mio figlio».*

# Il metro di Dio

Quando il re Salomone decise di innalzare a Dio un tempio meraviglioso, affidò la costruzione delle quattro mura principali a quattro categorie diverse: ai proprietari terrieri, agli artigiani, ai mercanti, ai poveri.
Le prime tre categorie pagarono gli operai, mentre i poveri costruirono il lato occidentale con le proprie mani.
Il muro fu costruito a prezzo di molti sacrifici e di molte vite umane.
Ma Dio gradì il muro occidentale più degli altri, lo benedisse e lo salvò da ogni distruzione.
È il «muro del pianto» dove, ancora oggi, gli ebrei vanno a pregare.

*Il superbo re Casimiro decise di lasciare un segno della sua munificenza elevando una cattedrale favolosa al centro della città. Perché il merito della realizzazione fosse tutto e soltanto suo emanò un decreto per il quale nessuno avrebbe potuto contribuire gratuitamente alla costruzione sotto pena di morte.*
*«È opera mia e soltanto mia!» proclamava il re. L'edificio si innalzò splendido e solenne. Gli operai del re lavoravano a turni massacranti. E an-*

*che le bestie, buoi e cavalli, adibiti al trasporto si accasciavano sfiancati. Il re fece scolpire una grande lapide di marmo da collocare sulla facciata del duomo: «Elevato alla gloria di Dio per opera di re Casimiro». La lapide fu murata sotto il rosone.*

*Il giorno della consacrazione della cattedrale, il re arrivò in testa al corteo dei dignitari. Un drappo di seta copriva la lapide. Quando la piazza fu piena di gente festante, davanti al cardinale e al capitolo dei canonici schierati e pronti a benedire, il re fece cenno di togliere il velo della lapide.*

*Un sussurro di meraviglia percorse la folla, mentre il re diventava livido. Sulla lapide si leggeva a grandi caratteri d'oro: «Elevato alla gloria di Dio per opera di re Casimiro e di Teresa».*

*Furibondo, il re cercò di far cancellare il nome intruso. Ogni mattina ricompariva. Diede ordine di trovare quella Teresa. Gli portarono davanti una donna dagli abiti modesti che tremando, confessò che una sera, tornando dai campi, aveva visto i cavalli e i buoi stremati e, di nascosto, aveva dato loro un po' di fieno.*

*Il re Casimiro capì che il suo desiderio era folle e superbo. Il Signore stesso aveva scritto sulla lapide il nome della umile donna dal gran cuore. E quel nome è là ancora oggi, dopo mille anni.*

# La moglie perfetta

Mulla Nasrudin era seduto nel negozio del tè quando arrivò un vicino per parlare con lui. «Sto per sposarmi, Mulla», gli disse l'amico, «e sono molto eccitato. Tu non hai mai pensato di sposarti?».
Nasrudin rispose: «Sì, ci ho pensato. Quand'ero giovane lo desideravo molto. Volevo trovare la moglie perfetta. Mi sono messo in viaggio per cercarla e sono andato a Damasco. Là ho incontrato una bella donna piena di grazia, gentile e molto spirituale, ma che non conosceva il mondo. Allora mi sono rimesso in viaggio e sono andato a Isphahan. Là ho incontrato una donna che era sia spirituale che mondana, bella sotto molti punti di vista, ma non riuscivamo a comunicare. Alla fine sono andato al Cairo e dopo molte ricerche l'ho trovata. Era profonda di spirito, piena di grazia, bella sotto tutti i punti di vista, a suo agio sia nel mondo che nei regni che lo trascendono. Sentivo di aver trovato la moglie perfetta».
L'amico gli fece un'altra domanda: «Allora perché non l'hai sposata, Mulla?».
«Ahimè» disse Nasrudin scuotendo la testa, «anche lei stava cercando il marito ideale».

*Uno scapolo chiese al computer di trovargli la compagna perfetta: «Voglio una ragazza piccina e graziosa, che ami gli sport acquatici e le attività di gruppo».*
*E il computer rispose: «Sposa un pinguino».*

*Amare significa accogliere un «altro» con il suo modo di essere, la sua diversità, i suoi difetti, non la copia di qualche nostro stupido sogno. Il marito perfetto è quello che non vuole una moglie perfetta.*

# Il grande capo

Al tempo in cui tutti andavano scalzi, un grande capo indiano, che aveva i piedi sensibili e il cuore insensato, soffriva molto dovendo camminare sui sassi e sul suolo rugoso del territorio della sua tribù.
Dopo averci pensato, prese una solenne decisione. Ordinò ai suoi guerrieri di cacciare tutti i bisonti del paese per coprire con le loro morbide pelli l'intera superficie del suo territorio.
Non potendo cambiare i suoi piedi, avrebbe cambiato il suolo! A costo di sterminare l'intera specie dei bisonti…
Il popolo ne fu sconcertato. Una delegazione di guerrieri si recò dal vecchio e saggio sciamano della tribù a chiedere consiglio.
Lo sciamano rispose: «Consigliate al capo di tagliare due piccoli pezzi di pelle di bisonte per proteggersi i piedi. Dovunque vada, non avrà più male ai piedi».
Così nacquero le scarpe.

*Un uomo va dal dottore e dice: «Dottore, ho male dappertutto. Quando mi tocco la testa, ho male. Quando mi tocco qui, la pancia, ho tanto male. Se passo il dito sul ginocchio, mi fa male; sul pie-*

*de, mi fa male. Che cosa devo fare? Come posso alleviare il dolore?».*
*Il dottore lo visitò accuratamente e poi disse: «Il tuo corpo non ha niente. È il tuo dito che è rotto».*

*«Ciò che esce dall'uomo, questo sì contamina l'uomo. Dal di dentro infatti, cioè dal cuore degli uomini, escono intenzioni cattive...» (Marco 7,20-23).*
*Per cambiare gli altri comincia sempre da te.*

# Come in uno specchio

L'imperatore, un giorno, mandò a chiamare uno dei suoi vassalli. Questi era conosciuto nel suo regno per la crudeltà e l'avarizia, e i suoi sudditi vivevano nel terrore. L'imperatore gli disse: «Voglio che ti metta in viaggio per il mondo e mi trovi un uomo veramente buono». Quello rispose: «Sì, signore» e con obbedienza iniziò la ricerca.
Incontrò molte persone e parlò con loro, e dopo che fu trascorso molto tempo, tornò dall'imperatore e gli disse: «Signore, ho fatto come mi hai ordinato, cercando per tutto il mondo un uomo davvero buono. Non lo si può trovare. Sono tutti egoisti e malvagi. Non c'è luogo dove si possa trovare l'uomo che cerchi».
L'imperatore lo mandò via e fece chiamare un altro vassallo, conosciuto per la sua generosità e benevolenza, e molto amato dai suoi sudditi. L'imperatore gli disse: «Amico mio, vorrei che ti mettessi in viaggio e mi cercassi un uomo davvero cattivo». Anche questo obbedì, e nei suoi viaggi incontrò molta gente e parlò con loro. Dopo che fu trascorso molto tempo, ritornò dall'imperatore e gli disse: «Signore, non ce l'ho fatta. Ci sono persone incaute, traviate, che si comportano da ciechi, ma in nessun luogo sono riuscito a trovare un uomo

davvero cattivo. Sono tutti buoni di cuore, nonostante i loro fallimenti».

*Un giorno, all'imbrunire, un contadino sedette sulla soglia della sua umile casa a godersi il fresco. Nei pressi, si snodava una strada che portava al paese, ed un uomo passando vide il contadino e pensò: «Quest'uomo è certo un ozioso, non lavora e passa tutto il giorno seduto sulla soglia di casa...». Poco dopo, ecco apparire un altro viandante. Costui pensò: «Quest'uomo è un dongiovanni. Siede qui per poter guardare le ragazze che passano e magari infastidirle...».*
*Infine, un forestiero diretto al villaggio disse tra sé: «Quest'uomo è certamente un gran lavoratore. Ha faticato tutto il giorno ed ora si gode il meritato riposo...».*
*In realtà, noi non possiamo sapere granché sul contadino che sedeva sulla soglia di casa. Al contrario, possiamo dire molto sui tre uomini diretti al paese: il primo era un ozioso, il secondo un poco di buono, il terzo un gran lavoratore.*

*Tutto ciò che dici parla di te; soprattutto quando parli di qualche altro.*

# L'ultimo tocco

Quando furono cacciati dal Paradiso Terrestre, Adamo ed Eva partirono pieni di acrimonia e di rabbia. I loro volti erano lividi, le labbra piegate in smorfie di dolore, il cuore colmo di amarezza.
Si erano accusati a vicenda, insultati, minacciati.
«Maledetto, sei solo un incapace…» aveva gridato Eva.
«È tutta colpa tua!» aveva sbraitato Adamo, fino a diventare rauco.
Camminavano con i pugni stretti, gli occhi lampeggianti, un peso dentro, opprimente come un macigno.
Tutto questo provocava a Dio una grande tristezza.
Decise così di aggiungere qualcosa alla Creazione. Qualcosa che non aveva previsto nel progetto originale.
Passò lieve tra l'uomo e la donna e sfiorò il loro cuore e i loro occhi.
E creò le lacrime.
Adamo ed Eva cominciarono a piangere. Il macigno e la rabbia che avevano dentro si sciolsero. Una nuova tenerezza li sommerse e si abbracciarono.

*Puoi piangere, se vuoi.*

# La ragione

Durante un furioso litigio, un cinese morse il naso di un altro uomo. Furono portati davanti al giudice. Il cinese si difese con grande vigore.
«Quest'uomo è un impostore! Si è morso il naso da solo!» gridò puntando il dito contro l'altro.
«Ma il naso sta proprio sopra la bocca» protestò il giudice. «Come ha fatto a mordersi il naso?».
«È salito su una sedia» rispose l'accusato.

*Quando abbiamo deciso di dare la colpa a qualcun altro non c'è logica che tenga. C'è gente che si alambicca di continuo per trovare un colpevole per tutto quello che capita. Lo fa con la spietatezza e l'istinto del killer.*

# Progresso

Quando mia nonna andava a far visita a sua madre, aveva bisogno di tre giorni. Un giorno per viaggiare sul calesse trainato dal cavallo; un giorno per raccontare e apprendere le ultime notizie, un po' in cucina e un po' in giardino; il terzo giorno per il viaggio di ritorno.
Quando mia madre andava a far visita a sua madre, aveva bisogno di due giorni. Viaggiava in treno e, se era fortunata con le coincidenze, si fermava la sera del primo giorno, raccontava le ultime novità e il giorno dopo ripartiva.
Quando io faccio visita a mia madre, impiego mezz'ora. Vado in auto e mi fermo giusto una decina di minuti perché i bambini si annoiano e sono sempre in ritardo con le spese al supermercato.
Se un giorno mia figlia mi verrà a far visita, di quanto tempo avrà bisogno?

*Nel villaggio gli uomini e le donne si incontravano alla fontana e chiacchieravano, si scambiavano informazioni, si aiutavano mentre riempivano otri, secchi e anfore. Nel tragitto di ritorno, camminando lentamente sotto il peso dell'acqua, ciascuno aveva tempo e calma per pensare, e perfino per pregare.*

*Poi fu installata l'acqua potabile. Così ciascuno se ne sta a casa sua. È tutto molto più comodo e si fa molto più in fretta. Ma non c'è nessuno con cui parlare e neanche il tempo per pensare.*

# L'evidenza

Un prete conversava di fede e religione con un amico che si professava totalmente ateo e indifferente.
«Sei un'ottima persona ed un caro amico. Perché non ti decidi anche a diventare cristiano?» chiese il prete.
«Perché se essere cristiani è quello che mi dici tu, non ne ho la forza. E se è quello che vedo in giro, proprio non mi interessa».

*Un turista era arrivato in una città e guardava ammirato le numerose chiese che si affacciavano sulla strada che stava percorrendo in taxi.*
*«Gli abitanti di questa città amano molto Dio» disse all'autista.*
*«Se amano Dio non lo so. Di sicuro non si amano tra loro!» rispose il taxista.*

*«Non c'è peggior sordo di chi non vuol vedere» diceva Lao Tze. La gente non usa più le orecchie per ascoltare. Si ascolta con gli occhi. Che cosa vede la gente quando guarda un «cristiano»?*

# Lettere d'amore

Un innamorato insisteva da molti mesi, senza successo, con la donna che amava, soffrendo terribilmente per il rifiuto della donna. Alla fine la sua innamorata cedette. «Vieni nel tal posto alla tale ora» gli disse.
All'ora e nel luogo stabiliti, l'amante si trovò finalmente seduto di fianco alla sua innamorata. Si mise le mani in tasca e tirò fuori un fascio di lettere d'amore che aveva scritto nei mesi precedenti. Erano lettere appassionate, che esprimevano il dolore che provava e il suo ardente desiderio di sperimentare le gioie dell'amore e del matrimonio. Iniziò a leggerle alla sua amata. Le ore passavano e lui continuava a leggere e leggere.
Alla fine la donna disse: «Che razza di scemo sei? Le lettere parlano di me e del tuo desiderio di me. Ora siamo seduti qui insieme e tu sei perso nelle tue stupide lettere».

*C'è gente che è seduta sulle ginocchia di Dio e gli cantilena pagine e pagine da un vecchio libro di preghiere.*

# La scatola

La bambina stava preparando un suo pacco di Natale. Avvolgeva una scatola con costosissima carta dorata. Impiegava una quantità sproporzionata di carta e fiocchi e nastro colorato.
«Cosa fai?» la rimproverò aspramente il padre. «Stai sprecando tutta la carta! Hai idea di quanto costa?».
La bambina con gli occhi pieni di lacrime si rifugiò in un angolo stringendo al cuore la sua scatola.
La sera della vigilia di Natale, con i suoi passettini da uccellino, si avvicinò al papà ancora seduto a tavola e gli porse la scatola avvolta con la preziosa carta da regalo.
«È per te, papi» mormorò.
Il padre si intenerì. Forse era stato troppo duro. Dopo tutto quel dono era per lui.
Sciolse lentamente il nastro, sgrovigliò con pazienza la carta dorata e aprì pian piano la scatola. Era vuota!
La sorpresa sgradita riacutizzò la sua irritazione ed esplose:
«E tu hai sprecato tutta questa carta e tutto questo nastro per avvolgere una scatola vuota!?».
Mentre le lacrime tornavano a far capolino nei suoi grandi occhi, la bambina disse: «Ma non è vuota,

papà! Ci ho messo dentro un milione di bacini!».
Per questo, oggi c'è un uomo che in ufficio tiene sulla scrivania una scatola da scarpe.
«Ma è vuota» dicono tutti.
«No. È piena dell'amore della mia bambina» risponde lui.

*C'era una volta un bambino, che andando e stando a scuola teneva sempre chiuso il pugno della mano sinistra. Quando era interrogato dalla maestra, si alzava e rispondeva tenendo il suo pugno chiuso; scriveva, con la destra, e conservava il pugno sinistro ben chiuso.*
*Un giorno la maestra, anche per dare soddisfazione a tutti gli alunni, gli chiese il perché di questo atteggiamento.*
*Il bambino non voleva rispondere, ma poi, dietro le insistenze della maestra e soprattutto per accontentare i compagni di scuola, decise di svelare il segreto.*
*«Quando ogni mattina parto da casa per venire a scuola, mia madre mi stampa sul palmo della mano sinistra un forte bacio e poi, chiudendomi la mano, mi dice sorridendo: "Bambino mio, tieni sempre ben chiuso qui nella tua mano il bacio di tua madre!". Per questo tengo sempre il pugno chiuso: c'è il bacio della mia mamma dentro».*

# Il re nero

I tre Re Magi provenivano da punti diversi del mondo. Due erano bianchi, il terzo era nero. I tre re seguivano la stella che li guidava dall'alto del cielo. Ma una notte, la persero. Invano scrutavano il cielo: quell'astro splendente che li aveva guidati per notti e notti non c'era più.
I due Re Magi bianchi, saggi e matematici insigni della Mesopotamia, subito cominciarono a tracciare linee e cerchi nella sabbia con i loro bastoni. Poi si immersero in calcoli ed equazioni, sempre più sottili e complicati. Tenevano lontano il Re nero. Secondo loro, nulla sapeva della vera scienza.
Il Re nero approfittò della pausa imprevista. I cammelli erano stanchi e assetati. «Dovremmo pensare anche ai poveri animali» pensò. Si procurò un secchio e cercò l'acqua alla fonte di un villaggio. Poi tornò e porse il secchio al primo cammello.
Mentre teneva il secchio sotto il muso dell'animale, ritrovò la stella.
Si rispecchiava nell'acqua del secchio. Danzava in silenzio, sull'acqua che il cammello avidamente beveva. Così i tre Re Magi ritrovarono la strada per Betlemme.

*I Padri del deserto raccontano la storia di un anziano che digiunò per settanta settimane mangiando una volta alla settimana. Voleva una risposta da Dio a proposito di un passo delle Scritture e Dio continuava a non svelargliene il significato. Allora si disse: «Ecco, ho fatto tanta fatica e non m'è servito a nulla; andrò a chiederlo a un fratello». Appena chiuse la porta per andarsene, gli fu inviato un angelo del Signore, che gli disse: «Le tue settanta settimane di digiuno non ti hanno avvicinato a Dio, ma ora che ti sei umiliato al punto da andare dal tuo fratello ti sono stato inviato a spiegarti il senso del passo della Scrittura».*
*Gli svelò il senso di ciò che chiedeva, e poi si allontanò da lui.*

# Storia crudele

C'era una volta un ragazzo che aveva rubato. La cosa si era risaputa e il ragazzo temeva la reazione del padre, uomo onesto e stimato da tutti.
Quella sera in casa l'aria era pesante. Dopo la cena rimasero soltanto padre e figlio.
Il ragazzo aveva paura e aspettava. Il padre non aveva parlato per tutta la sera.
Improvvisamente il padre si alzò e andò presso il camino. Impugnò decisamente uno dei ferri che servivano per attizzare il fuoco. Il ferro era acuminato e rovente. Senza dire una parola si diresse verso il tavolo.
Spaventato, il ragazzo lo guardava con gli occhi dilatati.
Il padre arrivò davanti al figlio, posò la propria mano sinistra sul tavolo e poi la trapassò con il ferro. Senza dire una parola.
Per tutta la vita, quel ragazzo non rubò mai più.

*Una storia crudele, certo, ma se guardi un crocifisso che cosa pensi?*

# La preghiera

La catechista interroga i suoi bambini sulla preghiera.
«Vediamo: tu, reciti le preghiere alla sera?».
«Certo».
«E anche al mattino?».
«No!».
«Perché?».
«Di giorno non ho mica paura».

*Spesso è solo la paura che ci fa pregare. Che umiliazione per noi e soprattutto per Dio!*
*La preghiera è la semplicità dell'amore che parla. Preghiera che fa sorgere il sole, preghiera che batte sul muro, qualunque sia il codice, preghiera che sa che dall'altra parte qualcuno ascolta.*

# Tre parole

Un giovane e ambizioso cavaliere era noto per la vita dissoluta e sfrenata. Un buon frate cercò di farlo riflettere sui rischi che avrebbe corso presentandosi con l'anima così carica di peccati all'ultimo giudizio del Signore.
«Non ho nessuna paura» rispose sprezzante il cavaliere. «So che il Signore è buono e misericordioso. Poco prima di morire pronuncerò tre parole che mi garantiranno la salvezza eterna. Dirò: "Gesù, pietà, perdonami"».
Il frate scosse la testa e il cavaliere, ridendo, riprese la sua vita depravata.
Un giorno, durante un terribile temporale, cavalcava a spron battuto sulle rive di un fiume gonfio d'acqua. Non voleva mancare ad una festa. Un fulmine spaventò il cavallo che lo disarcionò e lo fece piombare nella violenta corrente del fiume.
Le ultime tre parole del cavaliere, prima di morire, furono: «Crepa bestiaccia infame!».

*Due pesci nuotavano fianco fianco. Il più giovane chiese improvvisamente al più anziano: «Ma che cosa sarà mai questa cosa di cui tutti parlano?».*
*«Quale?».*
*«Il mare».*

*Il pesce anziano scoppiò in una sonora risata (per quanto è possibile ad un pesce): «Ma questo è il mare! Ci siamo dentro». Il pesce giovane scosse la testa dubbioso: «Non ci credo. Questa è solo acqua salata!».*

*Ma è nell'acqua salata di tutti i giorni che conquistiamo l'eternità.*

# I due boscaioli

Due boscaioli lavoravano nella stessa foresta ad abbattere alberi. I tronchi erano imponenti, solidi e tenaci. I due boscaioli usavano le loro asce con identica bravura, ma con una diversa tecnica: il primo colpiva il suo albero con incredibile costanza, un colpo dietro l'altro, senza fermarsi se non per riprendere fiato rari secondi.
Il secondo boscaiolo faceva una discreta sosta ogni ora di lavoro.
Al tramonto, il primo boscaiolo era a metà del suo albero. Aveva sudato sangue e lacrime e non avrebbe resistito cinque minuti di più.
Il secondo era incredibilmente al termine del suo tronco. Avevano cominciato insieme e i due alberi erano uguali!
Il primo boscaiolo non credeva ai suoi occhi.
«Non ci capisco niente! Come hai fatto ad andare così veloce se ti fermavi tutte le ore?».
L'altro sorrise: «Hai visto che mi fermavo ogni ora. Ma quello che non hai visto è che approfittavo della sosta per affilare la mia ascia».

*Il tuo spirito è come l'ascia. Non lasciarlo arrugginire. Ogni giorno affilalo un po':*
*1. Fermati dieci minuti e ascolta un po' di musica.*

*2. Cammina ogni volta che puoi.*
*3. Abbraccia ogni giorno le persone che ami e di' loro: «Ti voglio bene».*
*4. Festeggia compleanni, anniversari, onomastici e tutto quello che ti viene in mente.*
*5. Sii gentile con tutti. Anche con quelli di casa tua.*
*6. Sorridi.*
*7. Prega.*
*8. Aiuta qualcuno che ha bisogno di te.*
*9. Coccolati.*
*10. Guarda il cielo e punta in alto.*

# La luna

C'era una ragazza che, ogni notte, guardava la luna. In quell'occhio del cielo dai riflessi d'argento le pareva di intravedere il profilo di un giovane sconosciuto. O forse era solo il riverbero misterioso di un sogno. La ragazza aspettava e sospirava.
Nell'altra parte del mondo, c'era un giovane che, ogni notte, guardava la luna. Su quel pallido schermo gli pareva di vedere il profilo dolce e seducente di una ragazza.
Il giovane era un provetto arciere.
Così, una notte, incoccò la sua freccia più resistente e veloce sull'arco, lo tese con tutte le sue forze e mirò al volto placido della luna.
La freccia, dura come l'acciaio e rapida come il lampo, colpì la luna e ne staccò un frammento. Cadendo, il frammento si spaccò in due parti.
Una cadde in grembo alla ragazza, l'altra ai piedi del giovane arciere.
Tutti e due si legarono al collo, come un gioiello, il frammento di luna.
Si incontrarono poi? Forse.
Ma noi tutti, esseri umani, siamo come loro ed erriamo per il mondo portando ciascuno con sé la metà di un sogno.

*Molto probabilmente non sai chi possiede l'altra metà del tuo sogno. Così, per non sbagliarti, sii gentile con tutti quelli che incontri.*

# La responsabilità

Un giovane chiese ad un maestro: «Che cosa devo fare per salvare il mondo?».
Il saggio rispose: «Tutto quello che serve a far sorgere il sole domattina».
«Ma allora, a che cosa servono le mie preghiere e le mie buone azioni, il mio impegno nell'apostolato e nel volontariato?» replicò allarmato il giovane.
Il saggio lo guardò con tranquillità: «Ti servono a essere ben sveglio, quando sorgerà il sole».

*Il sole, Cristo, è sorto. Ma noi preferiamo dormire.*
*«Non c'è davvero niente che possa fare per raggiungere l'illuminazione?».*
*«Bè», rispose il maestro allegramente, «potresti imitare quella vecchia che premeva contro la parete del vagone per far correre il treno».*

# Il conquistatore

Un giovane ricco di grandi ambizioni chiese ad un maestro di essere aiutato per diventare veramente grande. Il saggio gli impose uno strano compito: «Va' in giro per il paese e paga le persone perché ti insultino. Fa' questo per un anno».
Il giovane cominciò a percorrere le vie delle città e dei villaggi distribuendo denaro per farsi insultare nel modo più pesante e colorito. Tutti lo ritennero pazzo.
Terminato l'anno, il giovane tornò dal maestro che gli disse: «Ora puoi andare ad Atene». Il giovane arrivò davanti alle porte della città.
Proprio accanto alla porta viveva uno strano personaggio che insultava crudelmente tutti quelli che entravano in città. Le persone insultate perdevano le staffe, ricambiavano, minacciavano, schiumavano rabbia.
Il giovane invece scoppiò in una grande risata: «Pensa che per un anno ho pagato la gente perché mi facesse quello che fai tu!».
L'altro si fece serio e disse: «Entra, la città è tua!».

*Il tasto più utile degli apparecchi elettronici è il tasto «pausa». Chi sa dominare se stesso finirà per dominare il mondo.*

# Il sostegno

Al fragile tronco di un alberello, il giardiniere legò un robusto palo di frassino che gli facesse da tutore e lo aiutasse a crescere diritto.
Quando il vento invitava alla danza, l'albero adolescente agitava la chioma sempre più folta e incominciava a dondolare, e gridava: «Lasciami, per favore, perché mi tieni così? Guarda tutti gli altri si lasciano cullare dal vento. Perché solo io devo stare così rigido?».
«Ti spezzeresti» ripeteva inflessibile il palo. «Oppure prenderesti delle brutte posizioni, diventeresti brutto e stortignaccolo».
«Sei solo vecchio e invidioso, lasciami, ti dico!».
Il giovane albero si divincolava con tutta la sua forza, ma il vecchio palo resisteva tenacemente, più saldo e ostinato che mai.
Un sera d'estate, annunciato da tuoni e lampi, accompagnato da violente sferzate di grandine, un uragano si abbatté sulla zona. Ghermito dai furiosi tentacoli del vento, l'alberello scricchiolava in tutte le giunture, con la chioma che a tratti sfiorava la terra. Le folate più forti quasi strappavano le radici dal terreno.
«È finita» pensava l'alberello.
«Resisti, figliolo!» gridò invece il vecchio palo, che

raccolse le forze ancora presenti nelle annose fibre e sfidò la bufera. Una lotta dura, lunga, estenuante. Ma alla fine l'alberello era salvo. Il vecchio palo invece era morto, spezzato in due miserabili monconi.
L'albero giovane capì e cominciò a piangere. «Non mi lasciare! Ho ancora bisogno di te!». Non ebbe risposta.
Un pezzo di palo era ancora stretto al giovane tronco dal laccio. Come in un ultimo abbraccio.
Oggi, i passanti guardano meravigliati quel robusto alberello che, nei giorni di vento, sembra quasi che stia cullando teneramente un vecchio pezzo di legno secco.

*Un tempo, in una selvaggia regione, gli anziani malati venivano abbandonati a morire su una impervia montagna. Un giorno, un giovane contadino portò il vecchio padre sulla montagna. Stava per lasciarlo appoggiato ad una roccia, quando il padre gli disse: «Portami più in su».*
*«Perché?» chiese il figlio.*
*«Perché proprio qui ho lasciato mio padre. Vorrei morire in un altro posto».*
*Il giovane capì che cosa sarebbe capitato a lui a distanza di una trentina d'anni.*
*Si caricò il padre sulle spalle e lo riportò a casa.*

# L'eternità

C'era una volta un monaco che conduceva una vita serena e tranquilla. Una sola inquietudine lo tormentava. Aveva paura dell'eternità. Gli eletti in Paradiso cantano le lodi di Dio come fanno i monaci. Un conto è farlo per un po' di tempo. Ma per l'eternità! Per felici che si possa essere alla presenza di Dio, dopo qualche milione d'anni chissà che noia…
Un giorno di primavera, se ne andò secondo la sua abitudine a passeggiare nel bosco che circondava il monastero. L'aria era viva e leggera, profumata di erba e di fiori.
Il monaco sospirò pensando al suo problema. Sopra la sua testa un usignolo cominciò a cantare. Un canto così puro, modulato, melodioso che il monaco dimenticò i suoi pensieri per ascoltarlo. Non aveva mai sentito niente di più bello. Per un istante ascoltò estasiato.
Poi pensò che era ora di raggiungere il coro per la preghiera e si affrettò. Stranamente avevano sostituito il frate portinaio con uno che non conosceva. Passò un altro monaco e poi un altro che non aveva mai visto. «Che cosa desidera?» gli chiese il portinaio. Vagamente irritato, il nostro monaco rispose che voleva soltanto entrare per non essere in ritardo. L'altro non capiva.

Il monaco protestò e chiese con veemenza di vedere l'abate. Ma anche l'abate era uno sconosciuto e il povero monaco fu preso dalla paura. Balbettando un po', spiegò che era uscito dal monastero per una breve passeggiata e che si era attardato un attimo ad ascoltare il canto di un usignolo, ma che si era affrettato a rientrare per l'ufficio pomeridiano. L'abate lo ascoltava in silenzio.
«Cento anni fa», disse alla fine, «un monaco di questa abbazia, proprio in questa stagione e in quest'ora, è uscito dal monastero. Non è più ritornato e nessuno l'ha più rivisto».
Allora il monaco capì che Dio l'aveva esaudito. Se cento anni gli erano parsi un istante nello stato d'estasi in cui l'aveva rapito il canto dell'usignolo, l'eternità non era che un istante nell'estasi in Dio.

*Un profeta importunava Dio continuamente: «Perché non fai questo? Perché non sistemi quello? Vuoi che le cose continuino così? Avanti, intervieni! Presto, non tardare! Che sarà del mondo se va avanti di questo passo?».*
*Finalmente Dio gli parlò.*
*«Perché te la prendi tanto?» gli disse. «Lascia passare questi trentacinquemila anni e poi vedremo...».*
*Il tempo di Dio non è il tempo degli uomini.*

# Il consiglio

Una donna si presentò da un esperto e gli chiese: «Mi può aiutare perché ho un grosso problema. Ho difficoltà con mio marito. Tutte le sere, quando lui torna a casa scoppiano litigi furibondi».
L'uomo rispose: «È facile».
«Bene. Allora, che cosa devo fare?».
«Ogni sera, quando sente che suo marito sta arrivando, si metta in bocca queste quattro pillole rosa, una dopo l'altra, non tutte insieme, e poi si ricordi di succhiarle lentamente. Molto, molto lentamente».
Una settimana dopo, la donna tornò dall'esperto, sorridente e distesa.
«Quelle pillole sono miracolose! Ne vorrei un'altra scatola. Da quando le prendo non ho più avuto una discussione, all'arrivo di mio marito, la sera!».

*Il ministro degli Esteri francese, Robert Schuman, raccontò un giorno perché non si era mai sposato. «Molto tempo fa, mentre viaggiavo in metropolitana, pestai accidentalmente un piede a una signora. Prima che potessi scusarmi, quella mi investì gridando: "Sei il solito stupido imbecille! Guarda dove metti i piedi!". Poi alzò gli occhi e arrossendo esclamò: "Oh, mi scusi tanto, signore! Credevo fosse mio marito..."».*

*«La lingua è una piccola parte del nostro corpo, ma può vantarsi di grosse imprese. Un focherello può incendiare tutta una grande foresta. L'uomo è capace di domare gli animali di ogni specie. La lingua, invece, nessuno è capace di domarla» (Lettera di Giacomo 3,6-8).*

# La principessa

C'era una volta un re che aveva una figlia di grande bellezza e straordinaria intelligenza. La principessa soffriva però di una misteriosa malattia. Man mano che cresceva, si indebolivano le sue braccia e le sue gambe, mentre vista e udito si affievolivano. Molti medici avevano invano tentato di curarla.
Un giorno arrivò a corte un vecchio, del quale si diceva che conoscesse il segreto della vita. Tutti i cortigiani si affrettarono a chiedergli di aiutare la principessa malata. Il vecchio diede alla fanciulla un cestino di vimini, con un coperchio chiuso, e disse: «Prendilo e abbine cura. Ti guarirà».
Piena di gioia e attesa, la principessa aprì il coperchio, ma quello che vide la sbalordì dolorosamente. Nel cestino giaceva infatti un bambino, devastato dalla malattia, ancor più miserabile e sofferente di lei.
La principessa lasciò crescere nel suo cuore la compassione. Nonostante i dolori prese in braccio il bambino e cominciò a curarlo. Passarono i mesi: la principessa non aveva occhi che per il bambino. Lo nutriva, lo accarezzava, gli sorrideva. Lo vegliava di notte, gli parlava teneramente. Anche se tutto questo le costava una fatica intensa e dolorosa.
Quasi sette anni dopo, accadde qualcosa di incre-

dibile. Un mattino, il bambino cominciò a sorridere e a camminare. La principessa lo prese in braccio e cominciò a danzare, ridendo e cantando. Leggera e bellissima come non era più da gran tempo. Senza accorgersene era guarita anche lei.

*Signore, quando ho fame mandami qualcuno che ha bisogno di cibo;*
*quando ho sete, mandami qualcuno che ha bisogno di acqua;*
*quando ho freddo, mandami qualcuno da riscaldare;*
*quando sono nella sofferenza, mandami qualcuno da consolare;*
*quando la mia croce diviene pesante, dammi la croce di un altro da condividere;*
*quando sono povero, portami qualcuno che è nel bisogno;*
*quando non ho tempo, dammi qualcuno da aiutare per un momento;*
*quando mi sento scoraggiato, mandami qualcuno da incoraggiare;*
*quando sento il bisogno di essere compreso, dammi qualcuno che ha bisogno della mia comprensione;*
*quando vorrei che qualcuno si prendesse cura di me, mandami qualcuno di cui prendermi cura;*
*quando penso a me stesso, rivolgi i miei pensieri ad altri.*

# Il cucchiaino

Una vecchietta serena, sul letto d'ospedale, parlava con il parroco che era venuto a visitarla.
«Il Signore mi ha donato una vita bellissima. Sono pronta a partire».
«Lo so» mormorò il parroco.
«C'è una cosa che desidero. Quando mi seppelliranno voglio avere un cucchiaino in mano».
«Un cucchiaino?». Il buon parroco si mostrò autenticamente sorpreso. «Perché vuoi essere sepolta con un cucchiaino in mano?».
«Mi è sempre piaciuto partecipare ai pranzi e alla cene delle feste in parrocchia. Quando arrivavo al mio posto guardavo subito se c'era il cucchiaino vicino al piatto. Sa che cosa voleva dire? Che alla fine sarebbero arrivati il dolce o il gelato».
«E allora?».
«Significava che il meglio arrivava alla fine! È proprio questo che voglio dire al mio funerale. Quando passeranno vicino alla mia bara si chiederanno: "Perché quel cucchiaino?". Voglio che lei risponda che io ho il cucchiaino perché sta arrivando il meglio».

*Un medico era assillato da un paziente che aveva una gran paura di morire.*

*«Come sarà quel momento, dottore? Che mi succederà?».*
*Il dottore aprì la porta della stanza per andarsene e il cagnolino del malato entrò di gran carriera. Abbaiando e scodinzolando di gioia, saltò sul letto e sommerse mani e volto del padrone di leccatine affettuose.*
*Il dottore disse: «Sarà proprio così. Qualcuno aprirà la porta e...».*

# Indice


Chi ci pensa 3
La scelta 4
La tentazione 6
Al tramonto 8
Il dettaglio 10
Gli auguri 12
L'imitazione 14
La virgola 16
Giovani 18
Il latte di Dio 20
Il segnale 22
La matassa di lana 24
Due teste 26
Un ladro in paradiso 28
Gli altri 30
Il lupo di Betlemme 32
L'assedio 34
Il vino migliore 36
La pozzanghera 38
Il capitale 40
Il metro di Dio 42
La moglie perfetta 44
Il grande capo 46
Come in uno specchio 48
L'ultimo tocco 50
La ragione 51
Progresso 52
L'evidenza 54
Lettere d'amore 55
La scatola 56
Il re nero 58
Storia crudele 60
La preghiera 61
Tre parole 62
I due boscaioli 64
La luna 66
La responsabilità 68
Il conquistatore 69
Il sostegno 70
L'eternità 72
Il consiglio 74
La principessa 76
Il cucchiaino 78



Sesta ristampa: luglio 2010

Foto: iStockphoto; ICP Immagini - Milano
Stampa: Grafica Santhiatese - Santhià (VC)

www.elledici.org





E-mail: mail@elledici.org
ISBN 978-88-01-01944-5